Louis-Edouard Bois

Le Chevalier Noël Brulart de Sillery

Antigonos

Louis-Edouard Bois

Le Chevalier Noël Brulart de Sillery

Réimpression inchangée de l'édition originale de 1871.

1ère édition 2024 | ISBN: 978-3-38813-909-8

Antigonos Verlag est une marque de Outlook Verlagsgesellschaft mbH.

Verlag (Éditeur): Outlook Verlag GmbH, Zeilweg 44, 60439 Frankfurt, Deutschland, info@outlook-verlag.de
Vertretungsberechtigt (Représentant autorisé): E. Roepke, Zeilweg 44, 60439 Frankfurt, Deutschland
Druck (Imprimerie): Libri Plureos GmbH, Friedensallee 273, 22763 Hamburg, Deutschland

ÉTUDE BIOGRAPHIQUE

LE CHEVALIER NOEL BRULART

DE SILLERY

NOUVELLE ÉDITION CORRIGÉE

QUÉBEC
AUGUSTIN COTÉ ET Cⁱᵉ ÉDITEURS-IMPRIMEURS

1871

DE SILLERY

I.

E grand bienfaiteur de l'humanité, ce noble patron de tant de bonnes œuvres, le chevalier NOEL BRULART DE SILLERY, prêtre, mais d'abord Bailli (1) et Grand-Croix de l'Ordre religieux et militaire de Saint-Jean de Jérusalem, Commandeur ou bénéficier du Temple (2) de Troyes et de la Commanderie de Ville-Dieu, etc., etc., naquit, à Paris, le 25 décembre, 1577, de parents vertueux et qui comptaient d'illustres ancêtres. Il reçut le nom de *Noël*, parce qu'il vint au monde le jour où l'Eglise solennise le grand mystère de la naissance du

(1) La dignité de Bailli était au-dessus de celle de Commandeur. On disait *Bailli* ou *Pilier de l'ordre*.

(2) *Temple de Troyes*. On appelait *temple* le lieu en certaines villes où les chevaliers faisaient leur résidence. Ils avaient le *Temple de Paris*, etc. (*Voy* : VERTOT,—Histoire des chevaliers de Malte, etc.)

Messie, et parce qu'il fut baptisé le même jour. Son père, Pierre Brulart, IIIᵉ du nom, Seigneur de Berni ou de Berny, président ès enquêtes, descendait d'une ancienne famille de la Savoie, établie en Bourgogne, très remarquable par sa piété et par le zèle dont elle fit preuve pour le soutien de la vraie foi, dans un temps où l'église de France était fatiguée par les troubles incessants que fomentaient les Huguenots. Henri IV sut apprécier la sincérité constante de ce loyal et bienveillant serviteur, qui se distingua particulièrement dans la magistrature. Il avait épousé, en janvier 1544, Marie Cauchon, Dame de Sillery et de Puisieux, dont les noms et les titres passèrent à leurs enfants. Cet éminent magistrat mourut le 31 décembre 1584.

Outre celui qui fait l'objet de nos recherches, l'illustre magistrat eut cinq autres enfants.

L'aîné, Nicolas-Brulart, Marquis de Sillery, homme d'un rare mérite, fut nommé chancelier de France et de Navarre, en 1607, par Henri IV, décédé en 1624, âgé de quatre-vingts ans, encore conseiller d'état (3). C'est lui qui fut envoyé à Rome, pour négocier ce qui concernait la nullité du mariage de Henri-le-Grand, avec Marguerite de Valois (4). Une médaille, frappée à cette occasion par ordre du Grand Roi, perpétuera le zèle du chancelier de Sillery. (Voy. *Trésor de Numismatique*, etc.)

(3) Mémoires de Créquy, *Tome* III, *pages* 193 et 336.—Dictionnaire Biographique de Moréri et autres.

(4) Le mariage de Marguerite de Valois avec Henri IV fut déclaré nul, à Paris, le 17 décembre, 1599.

Le second fils du digne magistrat Brulart, François, Archidiacre de Reims, était remarquable par la vivacité de son tempérament, par l'ardeur de son génie, mais plus encore par les sentiments d'une âme toute portée à la piété. Le roi, Henri IV, dont il avait mérité l'estime à un très haut degré, lui accorda la fameuse abbaye de Voye-le-Roy. C'est lui qui fit construire le célèbre collége des jésuites à Reims. Il refusa l'Archevêché de Reims, auquel les vœux du chapitre l'appelaient.

Jean-Baptiste, le quatrième fils, se fit capucin. Il fut un des ornements de cet ordre religieux qu'un siècle absurde et frivole accabla d'un injuste et sot mépris, dit M. de S. Victor.—*Tableau de Paris*, p. 996, *Tome 1er de la 2e partie* (5).

Trois filles, également d'une grande vertu, faisaient la consolation de la famille Brulart. L'une, Catherine, se consacra à la vie religieuse et gouverna assez longtemps la célèbre abbaye de Longchamp, près Paris. La seconde voulut être la fondatrice des religieuses Hospitalières de la Place Royale, de cette même ville (6), et employa à cette fin la somme de vingt mille écus. La troisième épousa Laurent Cauchon, seigneur de Trélon, qui exerça successivement divers emplois honorables dans l'administration de la justice.

Noël Brulart de Sillery était le plus jeune enfant de

(5) Jean-Bte. Brulart, frère du chancelier de ce nom, se fit plus tard capucin, et devint commissaire-général des maisons de son ordre en France, DICT. D'EPIG : *T. Ier*, p. 1097.

(6) De l'ordre de Saint-Augustin.

cette famille si hautement recommandable : son zèle constant à marcher dans les voies de Dieu et à se conformer aux leçons de ses vertueux parents, l'a rendu un objet de consolation et de gloire pour eux et pour ses concitoyens.

Son père le destina, d'abord, à être chevalier de Malte. Un ami de la famille, peut-être même son proche parent, vint presser l'affiliation du jeune Noël à cet ordre militaire de chevaliers illustré par tant de preux. Les idées chevaleresques du temps, les impétueuses saillies de caractère du jeune de Sillery avaient conduit l'ami, ou le parent de la famille, à proposer son entrée dans l'ordre religieux et militaire et, par suite, déterminé ses parents à souscrire à de telles vues. Noël fut donc envoyé dans l'île de Malte, à l'âge de dix-huit ans, après avoir terminé ses premières études classiques. Sa vivacité, ses belles manières, rehaussées par sa candeur et sa modestie, décidèrent le Grand-Maître (7) de l'ordre à se l'attacher comme page. Il acquit bientôt sa plus haute confiance. Par le courage à toute épreuve qu'il déploya dans les caravanes (8), et toujours à l'aide de la protection du Grand-Maître, il obtint bientôt la commanderie de Troyes, qui rapportait alors annuellement

(7) Martin Garzez, de la langue d'Aragon, qui venait de succéder au grand-maître Hugues de Loudeux.

(8) L'expression *caravane* vient d'un mot arabe qui signifiait *association de personnes pour faire un négoce ou un voyage.* L'ancienneté datait du jour de la réception, mais ne comptait pour rien si l'on n'avait pas résidé cinq ans dans l'île et fait quatre *caravanes* sur les vaisseaux de l'ordre.

un revenu de 40,000 livres. Son séjour dans l'île de Malte, ne fut que de douze ans, mais durant cette période, il avait su gagner l'estime de tous ceux qui l'entouraient tant par l'excellence de son génie et de son heureux jugement que par sa générosité et sa brillante valeur.

En 1607, ayant obtenu congé (9), il revint à Paris, et parut à la Cour, où la dignité de ses manières lui attira toute la bienveillance du roi Henri IV. Peu après la mort de ce grand monarque, la reine Marie de Médecis, le fit chevalier d'honneur. Il ne briguait pas les distinctions ; son mérite personnel les lui assurait. Ainsi, on le vit successivement ambassadeur de France en 1614 à la cour d'Espagne, et en 1622, à la cour de Rome, où il allait remplacer François-Annibal d'Estrées, marquis de Cœuvres. Il s'y distingua pendant plus de deux ans par ses libéralités envers les pauvres, plutôt que par le luxe avec lequel la reine voulait qu'il parut dans la capitale du monde chrétien, surtout dans la dernière partie de son séjour en cette ville. Le pape, Paul V, qui occupait alors la chaire de Saint-Pierre, se plaisait à rendre un juste tribut d'éloges aux vertus éminentes et nombreuses qui distinguaient l'ambassadeur de France. Le cardinal de la Valette le remplaça, en 1624, auprès du Saint-Siége, en qualité de *chargé des affaires de la France*. M. de Sillery avoua depuis, que c'était pendant son séjour à Rome, qu'il avait conçu le dessein

(9) Du Grand-Maître, Alof de Vignacourt, qui, depuis six ans, avait succédé à Martin Garzez.

de se vouer à Dieu et de s'enrôler dans la milice du sanctuaire.

D'après ce que nous lisons et ce que nous recueillons çà et là, sur le compte de ce personnage, il paraît qu'il avait d'abord déployé à Rome un faste extraordinaire et éblouissant, vivant dans les recherches du luxe. Ses immenses revenus le mettaient à même de se donner dans ce sens toute carrière. Son train de maison, à Paris même, était sur un pied qui ne le cédait en rien à la somptuosité des plus grands seigneurs. Ses goûts pour la splendeur et l'éclat ne lui faisaient pas, néanmoins, oublier les pauvres et les nécessiteux ; mais on conçoit qu'il ne pouvait soutenir le ton princier, et la magnificence de ses largesses et de ses dépenses, sans diminuer la part qu'il aurait pu, en vivant autrement, faire plus grande aux indigents, et à ceux qui faisaient appel à son cœur compatissant. Saint Vincent-de-Paul le ramena, peu à peu, à des habitudes plus conformes à ses vœux de religieux. M. de Sillery n'en vivait pas moins en bon chrétien, dévoué à l'accomplissement de tous ses devoirs sans négliger ceux même qui paraissent les moins importants et dont on s'affranchit si volontiers, quand on ne songe qu'à faire *vie bonne*.

D'après ces données, il est facile d'interpréter le sens du mot *converti* dont se sont servi plusieurs écrivains, pour marquer son retour à des sentiments plus conformes à l'esprit du christianisme. Désabusé des vanités du monde, connaissant la futilité des honneurs, et le vain prestige attaché aux grandeurs et aux distinctions, M. de Sillery revint à une vie plus sévère en 1626, à l'occasion d'un jubilé accordé, l'année précédente, par le pape Urbain VIII (Barbe-rini). Pour réparer un passé qu'il trouvait trop vide de bonnes œuvres, il se donna à une vie plus régu-lière. Sous la direction de saint Vincent-de-Paul, il réforma sa vie et sa maison et s'appliqua entièrement à faire des heureux. Il avait alors quarante-huit ans. L'embarras des affaires, dont il ne put sortir assez tôt, malgré tous ses efforts, ne lui permit pas de réaliser d'abord tout le bien qu'il avait en vue. Des circonstances impérieuses gênaient encore la marche qu'il voulait suivre. Mais, en 1632, de plus en plus désireux de contribuer au bien du prochain, il réduisit encore davantage ses dépenses, malgré les réclama-tions de l'amour propre, afin de suffire aux fondations qu'il élevait de côté et d'autre. Il voulut se tenir dans un plus grand éloignement du monde et de ses splendeurs, afin de vivre avec une plus stricte éco-nomie, et de réparer par là le vide qui se trouvait dans ses années. Par son ordre, des missionnaires furent envoyés dans ses domaines pour y prêcher les hameaux. Il distribua une grande partie de son revenu en bonnes œuvres.

C'est vers cette époque qu'il fit la connaissance de l'illustre Père de Condren (10), général des Pères de l'Oratoire, dont les avis et la direction lui furent si profitables, lorsque les disgrâces l'atteignirent et le dégoûtèrent de la cour, d'où il jugea à propos de s'éloi-

(10) Voy. sur le P. de Condren l'excellente « Vie d'Olier par M. FAILLON—DOM LOBINEAU : Vie des SS. de la Bretagne, etc.— CARDINAL DE BAUSSET, Vie de Bossuet, etc.

gner. Ayant entrepris quelques affaires qui ne reussirent pas, malgré tout le talent qu'il y mit, elles furent désavouées, et sa conduite fut désapprouvée. Cette désapprobation, quelque adoucie qu'elle fût, le contraria tellement qu'il prit la détermination de s'exiler définitivement de la Cour. « *Sic transit gloria mundi.* »

Malgré son isolement, M. de Sillery jouit toujours de la confiance du roi Louis XIII. Il venait de faire connaissance, comme il a été dit plus haut, avec saint Vincent-de-Paul, alors supérieur-général des prêtres de la mission de Saint-Lazare, dans cette ville, homme dont la sainteté était si exemplaire, et l'amitié si utile. Il se mit entièrement entre ses mains, résolu de suivre, en tout point, les conseils d'un homme si rempli de l'esprit divin.

Pour être attaché à Dieu par des liens plus directs et plus étroits, M. de Sillery demanda alors à recevoir les saints ordres. Quoiqu'il fut à cette époque dans un âge avancé, rien ne put le détourner de son projet.

Le **28** décembre, 1632, il revêtit l'habit ecclésiastique et désira consacrer toute l'année suivante à se préparer dans la retraite et le silence à recevoir les ordres sacrés.

Sur la fin de juillet, 1632, il vendit au cardinal de Richelieu son magnifique hôtel, nous devrions plutôt dire, son splendide palais de Paris, et voulut prendre un modeste logement près du couvent des Sœurs de la Visitation de Sainte-Marie.

Etant chevalier de Malte, il avait dû se pourvoir

d'une dispense du saint siége, pour entrer dans l'état ecclésiastique. Il envoya à Rome, selon les uns, un messager à ses propres frais, solliciter la permission du Pape Urbain VIII, qui la lui accorda avec des témoignages tout particuliers de l'estime qu'il avait pour sa personne ; et le comte d'Avaux, comme le duc de Lesdiguières (Charles de Créquy) maréchal de France, tous deux ambassadeurs auprès du Saint Siége, se plaisaient à mentionner les témoignages flatteurs que le Saint-Père avait voulu donner au Commandeur de Sillery. Selon d'autres chroniqueurs, il fit demander la dispense nécessaire par Monseigneur Pierre Fenouillet, évêque de Montpellier, chargé d'une mission spéciale à Rome, vers cette époque.

Des témoignages si nombreux et d'une si haute portée ne pouvaient que rehausser le mérite et la bienfaisance du Commandeur. En propageant sa réputation d'homme pieux et charitable, ces bruits appelaient autour de lui des solliciteurs nombreux. Sa bienveillance ne faisait défaut à personne, grâce à ses heureuses dispositions et aux grands revenus qui se multipliaient encore entre ses mains, tant était sévère l'économie qui présidait à ses arrangements, tant était ingénieuse son inépuisable charité. Il serait superflu de présenter ici l'immense détail des bonnes œuvres auxquelles il a su lier son nom ; d'ailleurs, la modestie du donateur a été cause que ses largesses ont été bien souvent ignorées. Aussi devons-nous laisser tout ce que nous aurions pu recueillir çà et là de faits honorables à la mémoire de l'excellent personnage qui nous intéresse, nous bornant à faire connaître cette partie si précieuse du bien qu'il a tenté en faveur des missions de la Nouvelle-France, notamment au profit de celle qui a porté son nom.

II.

LE CANADA, doublement intéressant pour les Français, comme chrétien et comme colonie, ne commença guères, toutefois, à attirer l'attention publique que sous Louis XII[T] ; et il est remarquable que ce fut la piété plutôt que la politique qui dirigea les principaux chefs dans leurs projets pour l'établissement de la Nouvelle-France. Ce fut pendant plusieurs années une noble émulation à qui concourrait plus puissamment aux progrès du christianisme dans cette contrée. Tout ce qu'il y avait de plus distingué à la Cour, des personnes de conditions, des princesses, la Reine elle-même, entrèrent dans les vues religieuses de ceux qui portaient intérêt à cette partie du Nouveau-Monde. Plusieurs missionnaires partirent pour aller, sur les pas des premiers apôtres de ce vaste pays, prêcher la foi aux indigènes, mais un bien plus grand nombre désiraient y consacrer leur vie. Ils ne furent retenus que par l'insuffisance des moyens de s'y transporter et de s'y soutenir.

Le commandeur de Rasilly, qui s'était toujours vivement intéressé à la colonisation de la Nouvelle-France, avait de bonne heure disposé M. de Sillery à faire partie de la compagnie dite des *Cent-Associés*.

Empressé de concourir à toute entreprise utile et louable, M. le commandeur de Sillery, dont le nom se trouve à la tête de tant de bonnes œuvres, s'y était prêté de bonne grâce et avait mis tout le zèle possible à seconder les intérêts de la colonie naissante et l'œuvre, plus noble et plus méritoire encore, de la conversion des barbares. Dans l'intérêt des sauvages du Canada, il avait fondé, de l'agrément du R. P. Etienne Binet, Provincial des PP. Jésuites, à Paris, une mission ou résidence des Pères missionnaires près de Québec, capitale de la nouvelle colonie. C'est probablement à la suggestion du P. Le Jeune, qu'il songea à cette œuvre dès 1632. La somme qu'il affecta d'abord à cette fondation, fut considérable. Dès le début de l'œuvre, il avait compté au P. Charles Lalemant la somme de douze mille livres tournois, pour commencer la mission que, par reconnaissance, on appela plus tard, de son nom, SILLERY.

Cette mission était à environ une lieue et quart ou une lieue et demie de l'établissement de Québec, dit la Rév. Mère Marie de l'Incarnation.

M. de Sillery n'était pas encore dans les ordres, à cette époque. Ce ne fut que dans les premiers jours de mars 1634, qu'il fut ordonné prêtre, ayant obtenu du Souverain Pontife la permission de recevoir tous les saints ordres en même temps. Il voulut, toutefois, passer le carême de 1634 en exercices de retraite, dans la solitude la plus parfaite, pour se préparer à célébrer la sainte messe, qu'il dit, pour la première fois, le Jeudi-Saint, 13 avril, même année, dans la chapelle des religieuses de la Visitation du faubourg

S. Jacques, de Paris. La chapelle qu'il faisait alors construire dans la rue Saint-Antoine, et dont il sera parlé plus bas, n'étant pas encore terminée.

Le P. du Creux (*Historiæ Canadensis, &c.*) nous a conservé les motifs qui avaient conduit le P. Le Jeune à solliciter du commandeur de Sillery l'établissement d'une mission près de Québec. Quelque pittoresque que soit sa narration, elle est en latin, et nous devons renoncer, dans l'intérêt de la généralité de nos lecteurs, à la reproduire. D'ailleurs, elle est trop longue pour trouver place ici. On sait déjà que ce qu'il en a dit est emprunté aux précieuses *Relations des Jésuites.*

On aimera sans doute à connaître ce qui se rattache aux commencements de cette intéressante mission de Sillery.

Voici à ce sujet, ce que nous lisons dans la *Relation de ce qui s'est passé en la Nouvelle-France en* 1638.

Nous aimons à reproduire cette page des écrits naïfs et riants parfois du R. P. Le Jeune, de la Compagnie de Jésus... « Un des plus puissants moyens que nous puissions avoir pour amener (les sauvages) à Jésus-Christ, c'est de les réduire dans une espèce de bourgade, en un mot de les aider à défricher et cultiver la terre et à se bastir. Comme nous cherchions tousiours quelque secours pour faire cette entreprise, arrive qu'une personne de vertu de vostre France, bien cognüe au Ciel et en la terre, et dont le nom ne peut sortir de ma plume sans luy déplaire, me donna advis d'un dessin qu'il auoit de servir

Notre-Seigneur en ces contrées. Il gage à cet effet quelques artisans et quelques hommes de travail pour commencer un bastiment, et pour défricher quelques terres, m'assurant dans ses lettres qu'il n'auoit point d'autre but en ce travail que la plus grande gloire de Dieu. Nous mîmes ses ouvriers dans vn bel endroit, nommé à présent la résidence de S. Joseph, une bonne lieue au-desseus de Kébec sur le grand fleuve. Monsieur Gand (11) avait pris ce lieu pour soy, mais il le consacra volontiers à un si bon dessein. Ces affaires estant en cette disposition, nous mandasmes à ce bon Seigneur, qu'il feroit un grand sacrifice à Dieu s'il voulait appliquer le travail de ses hommes à secourir les sauvages...................................»

Dans l'origine, selon l'opinion émise par l'historien du Creux, l'établissement de Sillery ne devait être qu'une école en faveur des enfants des Algonquins et

(11) François Ré dit Gand, commissaire-général aux magasins de la Compagnie, mourut à Québec en mai 1641, et fut inhumé dans la chapelle de M. Champlain, le 20 mai, le lendemain de la Pentecôte.—*Registre de Notre-Dame de Québec.*

On a écrit ce nom bien diversement. Dans les *Relations des Jésuites* on lit : François Ré dit Gand. Dans un contrat de terrain donné aux RR. PP. Jésuites on a écrit : François d'Ere, Sieur de Gan. Au registre paroissial de Notre-Dame do Québec, on a écrit François Ré dit Gand. M. l'abbé Ferland écrivait (Notes sur les Registres de la paroisse de N.-D. de Québec, page 24,) François Ré dit Gand—mais dans son *Cours d'Histoire du Canada*, tôme 1er, page 294, il écrit Sieur *Derré de Gand !*

Quoiqu'il en soit, Monsieur *Gan*, ou *Gand*, ou *de Gand* était Commissaire-Général des magasins du Roi, à Québec et aux Trois-Rivières ; et son nom est entourré, dans les mémoires du temps, des plus flatteux éloges donnés à son immense charité envers les sauvages. Il signait « Derré. »

des Montagnais ; mais, à la demande des sauvages eux-mêmes, elle prit de l'extension. On résolut de réunir autour de la maison de la mission ou de la *résidence* des Pères missionnaires, les familles converties au christianisme.

Le Gouverneur de Québec, M. de Montmagny (12), qui avait toute la confiance du religieux personnage aux frais duquel on faisait cette entreprise, accueillit bien favorablement la supplique de M. de Sillery, lui demandant de ratifier la concession de douze arpents de terre, que la compagnie du Canada lui avait octroyé dans les limites de la ville de Québec, et de lui concéder en sus, une plus grande étendue de terrain pour y établir une mission fixe et permanente.

Nous nous empressons de mettre sous les yeux du lecteur, la lettre que le Commandeur de Sillery écrivit, à l'occasion de la fondation de cette intéressante mission, à M. de Montmagny, plus tard Gouverneur et Lieutenant-Général du roi en ce pays. Elle fait voir son humilité jointe à sa grande charité. Nous la ferons suivre de la réponse de l'excellent gouverneur.

(12) Les données que nous avons sous les yeux, nous fournissent toujours le nom de Montmagny, quoique Champlain eût encore, à la date de cette lettre, l'administration des affaires de la colonie, à Québec ; nous ne pouvons interpréter la conduite de Champlain qui devait être à Québec à cette époque. Mais la date de ces lettres, et l'adresse de M. De Montmagny, qualifié du titre de gouverneur, dérangent les notions que nous avions concernant l'administration de l'un et de l'autre gouverneur.

Lettre de M. de Sillery à M. de Montmagny (13).

« Monsieur,

« Dans la pensée qu'il a plu à Dieu me donner de
« contribuer ce que je pourrais, pour le bien et l'a-
« vancement de la foi en la Nouvelle-France, j'avais
« toujours en intention de n'y être point connu et
« nommé, quoique M. le Commandeur de Razilli
« m'eût fait la faveur de m'en écrire bien particuliè-
« rement me conviant instamment de vouloir prendre
« part à cette œuvre, mais vous ayant su en ce pays,
« avec la charge et le commandement que le roi vous
« y a donné, il m'a semblé que c'était le signe que
« la Providence céleste me donnait pour coopérer,
« selon qu'il lui plaira au salut des âmes de ces pau-
« vres barbares. J'ai estimé, qu'en me réjouissant
« avec vous, en Notre-Seigneur, de la principale
« part et conduite qu'il a ordonné que vous ayez en
« cette affaire, je devais confidemment m'ouvrir à
« vous, de l'affection et de l'inspiration que je ressens
« pour ce même effet ; lequel je vous prie de favo-
« riser en tout ce que vous pourrez, selon votre piété,
« par l'autorité de votre charge ; nous fesant le bien
« de nous vouloir donner, au meilleur endroit qu'il
« se pourra, dans l'enceinte de Québec, les douze
« arpents que messieurs de la Compagnie nous ont

(13) Charles-Huault de Montmagny, Chevalier de l'Ordre de
Saint-Jean de Jérusalem, etc. Il avait été, depuis 1632, admi-
nistrateur des affaires de la Compagnie du Canada, sous l'autorité du Cardinal de Richelieu. Ce ne fut qu'en 1636, après le
décès de Champlain, qu'il fut nommé Gouverneur au nom du roi.

« accordés, et les autres encore de plus grande
« étendue, aux endroits plus proches de la dite ville,
« dont ils sont convenus ; pour le tout servir et être
« affecté au bien de la dite maison. Le révérend
« Père Lejeune me fera cette grâce, d'avoir l'œil sur
« les ouvriers que nous envoyons pour la construc-
« tion du bâtiment et pour défricher les terres. Je
« vous prie de protéger ces bonnes gens, en tout ce
« que vous pourrez charitablement ; et obligez-moi,
« au premier passage de la flotte, de me mander sin-
« cèrement ce que vous jugez de notre petit dessein,
« en l'établissement de ce séminaire, pour instruire
« et élever en la foi les filles des sauvages avec les
« Français qui se trouveront dans le pays, et si cela
« pourra être bien utile, et dans quel temps la maison
« pourra être faite pour servir à ce dessein.

« Le 21 mars 1634. »

Voici la réponse de M. Huault de Montmagny,
Gouverneur du Canada. (*Sans date ni signature* (14).

« Monsieur,

« Je ne puis m'empêcher de publier partout votre
« rare bonté et votre incomparable humilité. C'est
« un échantillon de votre renonciation entière au
« monde qui ne se fait pas, sans donner sujet d'ad-
« mirer la grandeur de la miséricorde divine sur
« vous, qui avez tant reçu d'honneur dans de si

(14) Ce qui est d'autant plus regrettable que la date, 1634, est
une erreur, puisque M. de Montmagny ne vint en cette colonie
qu'en 1636.

« hautes dignités et charges, que vous avez si digne-
« ment exercées avec tant d'applaudissement. Il ne
« se pouvait faire autrement, puisque le grand Dieu
« de toute éternité vous y avait destiné en ce temps-
« là ; mais à présent, nous voyons en vous des
« projets et des desseins bien plus sublimes et plus
« saints comme est celui d'établir un séminaire en la
« Nouvelle France. Cela s'appelle suivre vraiment
« l'intention de Dieu, à qui soit à jamais honneur et
« gloire ; il ne se peut que le tout ne réussisse à
« votre contentement, puisque c'est pour l'exaltation
« de son nom et de la Très-Sainte Vierge, notre bonne
« maîtresse. »

On voit par la *Relation de ce qui s'est passé en
Canada, de* 1651 *à* 1652, que le site affecté à la
mission de Saint-Joseph était antérieurement désigné
sous le nom de *Ka-mis-koua Ouongachit,* ou plutôt,
et mieux encore, selon ce que l'on lit quelque part,
Kamisda d'Angachit (15.) La mission ou la résidence
des PP. Jésuites ayant reçu le nom ou vocable de
Saint-Joseph, ce poste fut appelé plus tard *Saint-
Joseph* ou *Mission Saint-Joseph, l'Anse Saint-Joseph,*
etc., etc.

Mais c'est à la demande du Commandeur de Sillery
que la chapelle de la mission fut construite sous le
vocable de Saint-Michel. Voici ce que nous lisons à
ce sujet dans les précieuses *Relations des Jésuites :*
………« Vne personne de mérite et de piété ayant
fait une aumosne pour dresser en ces nouvelles con-

____

(15) *Relation* de 1652, chap. IX.

trées vne petite chapelle, sous le nom de Saint-Michel, nous nous sommes efforcés de suppléer à ce qui manquait, pour en bastir une petite église dédiée à Dieu, sous le titre de ce glorieux Archange. La croisée fait deux chapelles, où la Sainte-Vierge et son cher Epoux Saint-Joseph sont honorés. Ce petit bastiment, fait tout exprès pour les Sauvages, n'a pas à la vérité la magnificence de ces grands miracles de l'Europe ; mais il y a quelques paroissiens dont la candeur et la bonté est autant et plus agréable à Dieu que l'or et l'azur de ces grands édifices. » *Relation* de 1647, chapitre IX.

C'est en 1637, que les RR. PP. Jésuites y construisirent une maison, qu'ils n'allèrent toutefois occuper qu'au printemps suivant, dans le but d'y attirer les sauvages Algonquins et Montagnais. On n'admettait à séjourner dans l'enceinte de palissades, que les sauvages chrétiens. On y recevait néanmoins indistinctement les sauvages néophytes de toutes tribus, pour les instruire, mais ils devaient fixer leurs habitations en dehors de l'espace occupé par les convertis. Quelques familles françaises, des menuisiers, des maçons, des défricheurs, y avaient aussi fixé leurs résidences. Laissons encore les *Relations* nous dire tout ce que la pieuse entreprise a coûté de troubles, de peines et de sacrifices aux enfants de Saint-Ignace. Il suffit de dire, qu'un nombre considérable d'Algonquins et de Montagnais y passaient une bonne partie de l'année, sous la direction des Jésuites. Leurs familles y résidaient l'année entière. Les hommes ne s'éloignaient que pendant la saison de la chasse.

Le Rév. Père Vimont va nous donner de plus amples détails sur la manière dont les sauvages étaient logés et sur la disposition des édifices qu'ils y occupaient. « La bourgade de Saint-Joseph, dite Sillery, distance de Québec de deux petites lieues, est composée d'environ 35 ou 40 familles de sauvages chrétiens qui s'y sont arrestez, et y demeurent toute l'année, excepté le temps de leur chasse. A ceux-ci viennent se joindre plusieurs de ceux qui sont encore errants, partie pour recevoir quelques secours, partie pour estre instruicts dans les mystères de nostre saincte foy......... Nous n'avons encore pour toutes ces familles arrestées que quatre petites maisons à la française auxquels nous en allons, Dieu aidant, cet automne, en joindre deux autres commencées dès l'hyver dernier, par le moyen de quelques aumosnes qu'on nous a données pour ce subject......... Nous en disposons encore une autre pour le printemps prochain qui sera dédiée à Sainct François ; celuy à qui elle est promise porte desjà le même nom......... Ces maisons sont basties moitié de nostre costé et moitié du costé de l'hospital, qui est séparé d'avec nous d'une colline ou platon large d'environ soixante pas. Les montagnets ont choisy nostre costé, les Algonquins ont pris celuy de l'hospital. Les principaux sauvages sont logés en ces maisons à la françoise ; les autres se cabanent à leur façon sous des écorces, chacun du costé de son party, attendant qu'on leur puisse procurer quelques petits bastiments comme à leurs compagnons.....» (*Relation* de 1643, chapitre III.)

On avait, d'abord, entouré la bourgade de pieux

élevés et solides ; mais on verra plus tard (en 1651)
le gouverneur, M. Jean de Lauson, la renouveller et
lui donner plus d'extension et plus de force, en la
munissant de quelques bastions. Il s'agissait de
mettre la petite chrétienté à l'abri des battues con-
tinuelles et des cruautés si terribles des perfides
Iroquois.

En 1639, les religieuses de l'Hôtel-Dieu, dites Hospitalières du Précieux Sang, venues, cette même
année, de Dieppe, sous les auspices de Madame la
duchesse d'Aiguillon, s'établirent à Sillery.........
Elles s'y rendirent, presque au lendemain de leur
débarquement à Québec. Voici comment s'exprime
à ce sujet, l'auteur de l'*Histoire de l'Hôtel-Dieu de
Québec*, p. 26.... « Le lendemain on va voir Sillery ;
nous avions près de là, une terre qui n'avait que
peu de bois abattu et d'assez beau blé à la place.
Notre emplacement de Québec était occupé par une
mauvaise construction, pas de puits sur le terrain,
il fallait à travers des sentiers difficiles, aller chercher de l'eau, en bas du côteau. M. Le Sueur, ancien
curé de la paroisse de Saint-Sauveur, en Normandie,
nous fut donné pour premier chapelain...... Le 15
août, le vaisseau arriva avec nos effets et provi-
sions...... On a un grand nombre de malades auxquels il faut donner notre linge......les sauvages n'en
ont pas du tout, il faut leur en fournir pour les
malades et pour les morts...... On soigne les malades
le jour et on lave la nuit..... La picotte fait d'affreux
ravages..... personne ne veut laver pour nous.....
pas de voiture pour charroyer l'eau qui est trop loin,

pour qu'on aille la chercher à bras.....9 juillet, 1640, on pose à Sillery, la première pierre de notre nouvelle bâtisse..... Nous laissons la ville presque de suite.... Nous logeons à Sillery dans la maison de M. de Puiseaux, (16) qui se trouvait auprès..... C'est le 3 août, qu'on commença à résider dans notre maison qui n'avait que trois chambres...... Cependant, il fallut y hiverner malgré le froid, l'humidité et le malaise de toute sorte...... Cette année pas d'autres français à Sillery que les Jésuites...................

.... »

Mais laissons là les intéressantes citations, que nous pourrions multiplier, du livre de la respectable Mère Juchereau de Saint-Ignace. D'ailleurs, ce n'est pas de l'histoire de la mission de Sillery qu'il s'agit.

On a vu que le P. Le Jeune devait surveiller les ouvriers venus de France, aux frais du commandeur de Sillery, et régir l'emploi des fonds qu'affectait à cette œuvre le religieux et dévoué fondateur. L'extrême ardeur qu'il avait pour la conversion des peuplades sauvages, répandues dans les immenses forêts qui encadraient notre majestueux fleuve, le porta à contribuer avec une affection toujours soutenue, à l'œuvre sainte qu'il avait commencée, n'épargnant ni soins, ni sacrifices, afin de pouvoir donner à ces âmes les moyens de parvenir à la connaissance de l'Evangile.

(16) C'était un des beaux édifices du temps, et d'une grande étendue, situé sur l'emplacement qu'occupe actuellement l'hôtel Scott, dans l'anse Saint-Michel.

En 1639, il assigna une rente perpétuelle au soutien de cette mission. Cette rente, établie par contrat, en date du 22 février, se prélevait sur un fonds de vingt mille livres tournois, qu'il avait déposé, à cette fin, aux bureaux de l'Hôtel-de-Ville de Paris.

Voici la lettre que le Rév. P. Le Jeune lui écrivit à cette occasion.

« Monsieur,

« A peine ai-je commencé le premier mot de ma « lettre, qu'il m'a fallu tout quitter pour me retirer à « part, tant mon cœur et mes yeux me pressaient. « Je vous confesse que, repassant dans mon esprit « ce que vous me demandez, et voyant vos prodi- « gieuses bontés pour nos sauvages, il m'a fallu bénir « Dieu, avant de passer plus outre, et le remercier « des grâces qu'il vous a faites, et à nous, par votre « entremise. Si j'avais l'aile assez forte, je vous « irais trouver pour passer les jours et les nuits avec « vous à parler de Dieu, car je sais bien que votre « cœur est à lui. Hâtons-nous, Monsieur, hâtons- « nous, pendant le court pélérinage de notre vie ! « J'ai lu et vu vos intentions pour la fondation de « messes que vous désirez être dites à perpétuité. « Quand je vins à ces mots : *Le prêtre se regardera* « *comme le chapelain de Notre-Dame,* je fus touché et « je sentis en moi-même un grand désir que ce bon- « heur m'arrivât, et Dieu m'a exaucé, car notre « Révérend Père Supérieur m'a dit que c'était votre « intention que je me chargeasse de cette commission « que j'ai reçu avec joie...... Il faut que je vous

« confesse que votre humilité m'anéantit fort ; vous
« me déclarez vos sentiments avec une candeur qui
« me donne de la confusion. Je suis dans de plus
« grandes espérances que jamais, que Dieu par votre
« moyen réduira nos sauvages ; il vous a choisi pour
« ce grand ouvrage, rendons-lui grâces tous deux...
« ....»

Les ouvriers Evangéliques qui travaillaient avec tant de constance et d'énergie à la conversion des tribus sauvages de ces contrées, se plaisaient à reconnaître en toute occasion, les secours annuels que leur adressait ce grand serviteur de Dieu. Il voulait s'associer aux travaux de leur glorieux ministère, afin d'avoir part à leurs profits spirituels dans la vie ardue et pénible à laquelle ils se livraient sous les yeux de Dieu seul, loin de la vue et des applaudissements que le monde eut donnés à leur héroïque charité.

Dans la Relation de ce qui s'est passé en la Nouvelle-France en 1639, par le Rév. Père Paul LeJeune, on lit à ce sujet : « .....Je les consolai (les sauvages de Sillery) merveilleusement, quand je leur dis que le capitaine qui avoit commencé la résidence de Saint-Joseph avoit donné de quoy entretenir tous iours six ouvriers pour eux, et que, mesme après sa mort, les ouvriers ne laisseroient pas de travailler : ils ne pouvoient pas comprendre comment cela se pouvoit faire, ny pourquoy ces ouvriers n'alloient point prendre tout à la fois l'argent qu'il laissoit pour eux, ny comment vn homme pouvoit faire travailler des vivants : car ils ne scavent ce que c'est de laisser des rentes ny des revenus. Pleut à Dieu que plusieurs

personnes abondantes en richesses voulussent prendre la dévotion de ce grand homme. Ce n'est pas
perdre au change de donner la terre pour le ciel... »

Le R. P. Jérôme Lalemant, qui a travaillé si longtemps et avec des succès si constants et si glorieux à
la conversion des indigènes à la vraie foi, écrivait un
jour au commandeur de Sillery : « ....Celui qui
vous a préparé des récompenses dans le ciel, semble
vous en vouloir donner ici bas quelque avant-goût,
mais je vois bien que votre principale consolation
n'est pas dans ces suavités, mais dans l'esprit de la
foi et de la charité avec lesquelles vous contribuez si
généreusement à toutes nos entreprises qui sont selon
le cœur de Dieu......... »

Dès l'an 1632, M. de Sillery avait conçu le projet
d'établir cette mission. Il est surprenant que la
Relation du R. P. LeJeune, (publiée en 1633-34),
que nous avons sous les yeux, n'en fasse aucune
mention......L'église de Sillery était dédiée à Dieu,
comme il a été dit plus haut, sous l'invocation de
Saint-Michel-Archange ; voilà pourquoi on a donné
tour à tour à l'anse Sillery les noms : anse *Saint-
Joseph* et anse *Saint-Michel*. Les messieurs du séminaire de Québec y possédaient anciennement une
terre ou ferme, qu'on désignait sous le nom de *Saint-
Michel*. MM. de Puiseaux (17), de Chavigny de Ber-

(17) M. Pierre de Puiseaux, avait acquis une fortune considérable dans le commerce qu'il faisait avec la Nouvelle-Espagne.
Champlain l'avait induit à le suivre en cette colonie et à consacrer sa fortune à l'œuvre de la conversion des sauvages. Par
un testament, fait à la Rochelle, le 21 juin 1647, il lègue sa

chereau (18), et autres notabilités avaient aussi des domaines et des habitations à Sillery, près de la mission, et les désignaient aussi sous le nom de *terres de Saint-Michel*. On trouve dans les archives de la province, dans un registre intitulé : *Cahier de l'Intendant, Concessions en fief*, etc., etc., N°s 10 à

terre de Sainte-Foy au profit du futur évêque de Québec. Ce testament fut passé par devant MM. Vespasien Lefebvre et Jean Michelon, notaires royaux. Copie de ce testament fut expédié de la Rochelle, le 17 novembre 1733, à la demande des Chanoines de l'Eglise Cathédrale de Québec ; mais par une note de M. Poulin, prêtre, qui fut plus tard secrétaire du Chapitre, on voit que, quand on eût réussi à se pourvoir d'une copie de ce testament, on ne put identifier l'endroit où se devait prendre cette terre, ni retrouver les bornes qu'elle devait avoir. Faute de renseignements exacts, après une investigation assez prolongée, on abandonna tout espoir de posséder cet immeuble précieux.

En 1641, il avait donné à M. de Maisonneuve ses biens, ses terres et ses autres domaines pour être associé à l'œuvre de la colonisation de l'Ile de Montréal. On avait estimé à 100,000 francs la valeur de ces terres, et de leurs dépendances. Dans l'hiver de 1641, M. de Maisonneuve occupa cette maison de Saint-Michel, ainsi que Mlle J. Mance, fondatrice de l'Hôtel-Dieu de Montréal, et Madame de la Peltrie, qui venait de fonder à Québec le couvent des Dames Ursulines. Les soldats et les recrues qu'on conduisait à Montréal, hivernèrent aussi chez M. de Puiseaux et s'y occupèrent à faire des portes et des fenêtres pour les habitations que l'on projetait à Montréal. Au printemps de 1642, Monsieur de Puiseaux se rendit à Montréal pour y vivre avec les nouveaux colons : mais il ne tarda pas à se dégoûter du genre de vie auquel les circonstances l'assujétissaient. Deux ou trois ans après, ce noble vieillard repassa en France où il mourut.

(18) François de Chavigny, Sieur de Berchereau, était de la paroisse de Créance, en Champagne. Il repassa en France vers 1650.

17, folio 79 et folio 83, divers actes relatifs à la concession et donation par le Roi de France des terres de Sillery, avoisinant la mission des RR. PP. Jésuites, pour le soutien de la mission des sauvages et en dépendant même, par les obligations ou redevances dont elles étaient affectées au profit de la mission.

« Le treize juin, 1657, le feu s'étant jeté dans un bûcher, sans qu'on ait pu savoir comment, on vit en peu de temps en la résidence de Saint-Joseph nostre maison et celle d'un bon sauvage chrétien toutes en flammes, et pour comble de nostre infortune, le feu les poussa si violemment et si promptement vers l'église qu'il fut impossible de la sauver............

« Cette église était la première érigée dans le pays pour les nouveaux chrétiens......... Les uns nous pressent de la relever de ses ruines ; mais nous n'avons pas les bras assez forts, sans un secours plus grand que celuy qu'ils pourroient nous donner pour rétablir de nous mesmes une perte si notable. »

Cette mission fut pendant bien des années très importante et très populeuse ; mais le temps la dispersa et c'est à peine si l'on peut aujourd'hui nous en indiquer quelques traces. Il serait même impossible à l'explorateur le plus opiniâtre, nous disait il y a une trentaine d'années un ancien citoyen de Québec, de trouver quelque chose de bien satisfaisant sur ce point, en ce qui concerne surtout le site qu'occupaient la chapelle, la maison des Jésuites, ainsi que le monastère des hospitalières qui, à dire vrai, n'y firent qu'un séjour temporaire, etc.

Nous pouvons cependant ajouter que nous avons conversé avec des anciens qui assuraient positivement avoir vu les murailles de la chapelle de Sillery. Jos. Bouchette, (*Topographie du Canada*, p. 422,) nous apprend qu'en 1814, lorsqu'il visita Sillery, pour y connaître l'emplacement occupé par la maison des Jésuites et par leurs jardins, il fut informé que la maison avait été transformée en hangar par un nommé Hullet, qui cultivait du houblon sur toute l'étendue du terrain à cet endroit.

III.

Pendant cette digression, trop longue pour bon nombre des lecteurs, mais que plusieurs nous pardonneront parce qu'elle n'était pas tout à fait inutile, nous avons laissé le noble Commandeur d'un peu loin. Le Commandeur de Sillery, en généreux philanthrope, ne s'en tint pas à la dotation de la mission de Sillery. On a vu par quelques lignes des lettres des PP. Lalemant et LeJeune, qu'il étendait sa libéralité aux autres missions du Canada. Nous devons ajouter qu'il rendit en outre des services considérables à d'autres institutions, aux communautés religieuses fondées dans la colonie, vers cette époque, et dont les commencements furent si critiques, si hérissés de difficultés et d'épreuves de toute espèce. Divers particuliers, prêtres ou laïques, qui s'intéressaient à nos maisons religieuses, eurent toujours à se féliciter d'avoir eu recours à sa bienveillance. Nous ne pouvons nous expliquer comment les ressources d'un particulier aient pu suffire à tant d'œuvres. On pourra se faire une idée du zèle et du désintéressement de ce digne prêtre, en jetant les yeux sur les fondations qu'il a faites, et dont nous ne ferons toutefois que rappeler une partie.

On sait qu'il contribua largement à la construction d'une vaste maison et de ses dépendances, pour servir de logement aux prêtres de la mission de Saint-Lazare, à Troyes, en Champagne, en 1637 (19). Il fonda un Séminaire à Annecy, en Savoie. Il dota aussi d'une maison de religieuses de l'Ordre de la Visitation (fondé par saint François de Sales, en 1610,) la ville de Troyes. Il se plaisait à enrichir cette ville de maisons religieuses, car il y établit encore à ses frais un couvent de Carmélites. Cependant, son principal établissement, est celui de la maison des Sœurs de la Visitation de Sainte-Marie, de la rue Saint-Antoine, à Paris, élevé sur l'emplacement de l'ancien Hôtel de M. de Cossé, l'ami constant de Madame de Chantal (20). Saint Vincent-de-Paul dirigea cette maison pendant plus de trente ans (21). L'église du monastère dont la première pierre fut posée le 31 octobre 1632, fut pareillement construite à ses frais, d'après le plan que M. de Sillery

---

(19) Picot.—*Influence de la Religion au XIXe siècle.* Tome II, p. 56, 174, etc.

(20) St. Fargeau. Tome III, page 269.

(21) *Mémoires,.*—Picot etc. Tome IV.

en avait fait dresser par le célèbre Mansard (22), de
Paris. Ce modeste édifice édifié sur le modèle de la
Rotonde, de Rome, fut achevé en moins de deux ans
et dédié le 14 septembre 1584, sous le vocable de
Notre-Dame des Anges. On convient assez générale-
ment que l'architecte a dirigé la construction de
cette église avec beaucoup de précision et de régula-
rité, en sorte que les connaisseurs de l'époque regar-
daient ce morceau comme un bijou d'architecture.
Son dôme léger et délicat a servi de modèle à celui
de l'hospice des Invalides, exécuté quarante ans plus
tard, mais agrandi et perfectionné par Jules-Hardouin
Mansard, neveu de François. Elle fut consacrée en
septembre 1634, par Mgr le patriarche archevêque de
Bourges, André Frémiot, conseiller du roi, en ses
conseils d'état et privé, auquel Mgr Rolland Hébert
venait de succéder au siége métropolitain de Bourges
(23). Le commandeur de Sillery assistait le prélat

(22) Voyez, *Planta's Paris*, p. 269, et *J. B de Saint-Victor—
Tableau de Paris*. Tome II, 2e partie, page 1253.

(23) Mgr A. Frémiot, abbé de Saint-Etienne, originaire de
Dijon, fils de Bénigne Frémiot, et second président au parle-
ment de Dijon, avait administré le diocèse de Bourges, de 1602
à 1622, et, cette même année, il avait été remplacé par Mgr
Hébert. Mgr Frémiot étant mort le 13 mai, 1641, voulut être
inhumé dans cette église. Il était probablement archevèque
démissionnaire de Bourges, lorsqu'il présida à l'édifiante cérémonie de la bénédiction de l'église des religieuses de la Visitation, au faubourg Saint-Antoine. Il passait pour l'un des plus
savants prélats de son temps. Voy. *Gallia Christiana*, etc. Il
était frère unique de sainte Jeanne-Françoise Frémiot, qui
épousa Christophe de Rabutin, Baron de Chantal, tué à la
chasse, par l'imprudence de l'un de ses amis. Devenue veuve,
cette noble femme se mit sous la direction de saint François

en cette cérémonie, remplissant les fonctions de diacre d'honneur. C'est aussi dans cette chapelle qu'il célébra sa première messe, après avoir été ordonné prêtre au printemps de 1634.

Quoiqu'elle subsiste encore cette élégante chapelle, où le vertueux M. de Sillery voulait que l'hostie de propitiation fut offerte jusqu'à la fin des siècles, a été aliénée dans la tourmente révolutionnaire. Le couvent de la Visitation a d'abord été supprimé en 1790, époque néfaste qui vit disparaître tant d'institutions utiles ! Les bâtiments, les cours et les jardins furent détruits et divisés en emplacements, puis vendus à divers particuliers; et l'église, devenue d'abord la propriété des calvinistes de la confession de Genève, a toujours été affectée depuis au service des protestants de Paris. On visite encore avec intérêt, cette élégante construction, quoique ses décors aient subi des transformations qui l'ont bien fait déchoir de son ancienne splendeur. Ce temple est situé dans le 9e arrondissement de Paris, quartier de l'arsenal, Rue S. Antoine, n° 216, près de l'emplacement qu'occupait autrefois la Bastille.

S'il nous était possible de continuer l'énumération des bienfaits qui signalent la carrière du généreux commandeur, nous ajouterions qu'il fonda des rentes pour des missions annuelles, dans plusieurs paroisses

de Sales, qui la décida à fonder l'ordre des Sœurs de la Visitation. Elle gouverna cet institut, confirmé par le pape Paul V, et mourut le 13 décembre 1641. Canonisée en 1767, par Clément XI, Souverain Pontife, elle est honorée sous le nom de sainte Jeanne-Françoise de Chantal.

de sa commanderie, à laquelle il conféra, en tout temps, tout le bien possible. On sait qu'il se plaisait singulièrement à doter les vierges du cloître et les monastères pauvres, afin que la gêne et le manque des choses nécessaires ne fussent jamais préjudiciables à l'observation de la discipline monastique et que la pauvreté de ces établissements, en prolongeant les inquiétudes des servantes de Dieu, ne les pût détourner de la prière ou des exercices de piété auxquelles elles se livrent, dans l'intérêt des fidèles en général. Il favorisa toujours la propagation des maisons de l'Ordre de la Visitation, institué par saint François de Sales, à cause de la sincère dévotion qu'il avait pour le grand évêque de Génève. Cette vénération pour les vertus de ce saint et illustre pontife, le porta à payer, avec un empressement et une libéralité bien remarquable, tous les frais de sa canonisation (24).

Saint Vincent de Paul n'avait personne, dit un écrivain exact (25), qui le secondât avec plus de zèle et de constance dans sa mission de bienfaisance, que le charitable commandeur de Sillery, toujours empressé à prendre part aux œuvres qui honoraient la religion et l'humanité.

Enfin, ce bienfaisant personnage, que le Canada s'honore de compter parmi les fondateurs de ses établissements utiles, tomba malade au mois de sep-

(24) Mort le 28 décembre 1622. Canonisé en 1737, par le pape Clément XI.

(25) Picot.—*Influence de la religion*, etc. Tome 1, page 239.

tembre 1640, et mourut à Paris, après dix jours de maladie seulement, le 26 septembre, instituant les pauvres de l'Hôtel-Dieu de Paris ses héritiers et légataires universels.

M. le commandeur de Sillery mourut en la paroisse de Saint-Paul, à l'âge d'environ soixante-trois ans, huit ans seulement après avoir été incorporé à la milice du sanctuaire. Saint Vincent de Paul fait l'éloge de ce vertueux prêtre, dans l'une de ses lettres (26). Ce qu'il en dit est sans doute le résumé de l'oraison funèbre qu'il prononça le jour même des obsèques de ce grand serviteur de Dieu. Saint Vincent, qui avait été son directeur spirituel, pendant bien des années, et qui l'honorait d'une singulière estime, admirait les grandes qualités et les nobles vertus du commandeur. Il avait voulu lui administrer de sa main les sacrements et les secours des mourants ; et, non content de l'assister dans ses derniers moments, il voulut présider à ses obsèques. Le jour des funérailles, il offrit à l'autel de la chapelle, où le corps de M. de Sillery fut inhumé (27), le précieux calice pour le repos de l'âme du vénérable défunt, puis, du haut de l'autel, il prononça son éloge funèbre.

La nouvelle de sa mort n'arriva en cette colonie que l'année suivante. La pieuse gratitude des missionnaires convoqua les peuples à des prières publi-

(26) Lettres de saint Vincent de Paul.

(27) Dans l'église de la Visitation, rue Saint-Antoine, Paris, dans la chapelle plus tard dédiée à saint François de Sales. L'intendant des finances Fouquet y a été aussi inhumé.

ques pour le repos de l'âme de ce vertueux personnage. Voici ce que nous lisons à ce sujet dans un écrit du temps.

« A peine avait-on achevé les derniers devoirs qui luy étoient deubs, (à François Ré dit Gand, autre bienfaiteur de la mission de Sillery) qu'il nous a fallu une autre fois revêtir de noir nos chapelles pour faire le service de Monsieur le commandeur de Sillery. Monsieur de Montmagny nostre gouverneur, Monsieur le chevalier de l'Isle, et plusieurs autres y assistèrent : quelques sauvages voulurent communier ce jour-là et tous prièrent pour son âme, n'ignorant pas les grandes obligations qu'ils ont à ce sainct homme qui a jetté les fondements de l'arrest de ces pauvres peuples errants en la résidence de Saint-Joseph. Pleut à Dieu que ceux qui succèderont à l'affection de ce grand homme disent un petit brin des grandes récompenses dont il jouit dedans les cieux. Sa mort avoit arresté les secours qu'il nous donne ; mais j'apprends que quelques personnes de mérite n'ont pas voulu que ce grand ouvrage cessast, fortifiant nos bras qui s'alloient affaiblir par le décès de ceux qui méritent de porter le nom de vrais pères des chrétiens sauvages.»—(*Relations* de ce qui s'est passé en la Nouvelle-France, etc., 1641.)

Sous la restauration, les Dames de la Visitation obtinrent la permission d'ouvrir de nouveau, à Paris, un établissement de leur ordre, mais elles ne purent être rétablies dans leurs anciennes possessions. Toujours reconnaissantes de la puissante protection dont le commandeur de Sillery avait honoré leurs maisons, elles désiraient retirer du temple livré à l'erreur, ses restes mortels et leur donner une sépulture plus analogue à la foi qui lui avait fourni de si généreuses inspirations. Après avoir recueilli les renseignements les plus positifs sur l'endroit où les dépouilles mortelles du commandeur avaient été placées dans le souterrain de l'église de la rue Saint-Antoine, elles ne négligèrent aucun moyen de se procurer les autorisations nécessaires et d'enlever ces précieuses reliques d'un lieu que la spoliation révolutionnaire leur avait ravi, d'un temple que l'esprit de parti avait fait si tristement changé de destination. Le corps de M. de Sillery fut apporté au milieu d'elles. Comme il avait été soigneusement embaumé, il fut, à leur grand contentement, retrouvé presque entier en présence d'un ecclésiastique désigné à cet effet par Monseigneur l'Archevêque de Paris, et accompagné d'un commissaire de police, etc. Une plaque de métal, adhérente au cercueil, et dans laquelle on avait incrusté le nom et les qualités du défunt, servit à prouver son identité. Les Canadiens virent avec émotion la présence d'un noble et généreux ami de l'église de la Nouvelle-France, parmi les personnes chargées de constater l'authenticité du cadavre du pieux personnage.

Les ossements du commandeur ayant été déposés dans un cercueil neuf, convenablement préparé et dûment scellé, furent transférés au N° 6, rue Neuve-Saint-Etienne-du-Mont, dans un ancien couvent des Filles de la Congrégation de Notre-Dame, supprimé en 1790, et occupé, depuis 1821, par les religieuses de la Visitation de Sainte-Marie. Un service solennel pour le repos de l'âme du bienfaiteur de leur Ordre, et qui leur était cher à plus d'un titre, fut célébré le 4 mai 1836, par M. l'abbé Jammes, en présence de l'archevêque de Paris, Mgr de Quélen.

Depuis cette époque, les Dames religieuses de la Visitation ont acquis un terrain spacieux et une maison, sise rue d'Enfer (28). En y construisant leur nouvelle chapelle, elles ont eu le soin d'y pratiquer un caveau convenable où furent déposés, en même temps, les restes du commandeur de Sillery, fondateur de l'ancienne église, et la dépouille mortelle de Monseigneur de Frémiot, archevêque démissionnaire de Bourges, frère de Sainte-Jeanne, baronne de Chantal, mort à Paris, le 13 mai, 1641.

Les exemples d'une vertu si noble, si soutenue et si ingénieuse, n'étaient pas rares dans l'église de France au 17e siècle. Et le Canada, que la religion de nos pères a fait ce qu'il est, qu'elle a couvert des monuments de sa tendresse et de son dévouement, compte beaucoup d'illustrations de ce genre, dans la longue liste de ses bienfaiteurs. De ce nombre étaient les Des Maizerets, les Dudouyt, les Olier, les St. Valier, les Sillery, les de Bernières-Louvigny, les Baron de Renti, les Richelieu, etc., et tant d'autres, qu'illustrèrent leurs vertus beaucoup plus encore que leur naissance !

(28) On disait anciennement, rue d'*Inferior* pour la distinguer de la rue *Superior* de Saint-Jacques. Par corruption, on en est venu à dire *Rue d'Enfer.—Planta's Paris—Saint-Victor :—Tableau de Paris*, 1ère partie, Tome IV, page 379.

C'est ainsi que nous trouvons dans la personne du chevalier Noël Brulart de Sillery, un beau modèle offert à l'imitation des hommes privilégiés que la Providence a fait naître et laisse vivre dans l'opulence, auxquels elle inspire des œuvres fécondes, et qui, par le bel usage qu'ils font des ressources confiées à leur vertu, méritent de passer à l'autre vie, escortés d'œuvres brillantes et de protégés innombrables. Voilà un de ces hommes qui ont compris qu'on ne peut bien aimer le Seigneur, qu'en aimant son semblable ; et que la mesure des services que l'on rend aux nécessiteux est aussi la mesure du zèle qu'on avait pour glorifier Dieu et le faire glorifier. C'est la belle doctrine du grand saint Thomas : « *In dilectione proximi includitur dilectio Dei, sicut causa in effectu* » (29), pensée que le génie de Paschal s'est appropriée et qu'il a développée en disant, entre autres propositions, « que l'amour du prochain ne grandissait en nous qu'avec l'amour de Dieu, et qu'autant que diminuait l'amour de soi...... »

Quand on lit tout ce qu'un seul homme a pu faire de bien, quand on réfléchit devant de pareils noms, sur les immenses et admirables effets de la charité, on trouve d'excellents motifs pour la pratiquer et l'on éprouve des regrets de n'avoir pas toujours été fidèle aux célestes inspirations de cette vertu. Car c'est Dieu qui nous parle lorsque la charité nous presse : « *Ordinavit in me charitatem.* » (*Cant.* **2.**)

(29) *In Epistold ad Romanos, Cap.* 12.

IV.

Nous avions visité, en 1845, en compagnie de quelques Hurons de Lorette, le site de Sillery. Ils n'y connaissaient rien. Nous avions interrogé quelques anciens ; mais, comment auraient-ils dissipé nos doutes, puisque nous leur parlions des ruines, bien amoindries, d'édifices détruits par le feu, depuis près de deux siècles révolus. Les réponses hasardées, des explications incertaines et assez souvent diamétralement opposées à des notions antérieures assez nuageuses, nous firent céder de suite devant l'avancé d'un vieillard qui affirmait que ces édifices n'avaient été construits qu'en bois et qu'il n'en devait rester aucun vestige. Nos perplexités se réveillèrent, lorsqu'en 1855, nous écrivions, à la demande d'un ami, nos études et nos recherches sur le commandeur de Sillery. Nous crûmes alors devoir cesser toute perquisition ultérieure, lorsque nous trouvâmes dans l'intéressante « Relation du R. P. Bressani, » éditée en 1853, par le R. P. Martin, S. J., (page 301) à propos de la mission de Sillery—qu'il est triste de. dire que, *de ce berceau du christianisme et de ses monuments précieux, il ne reste pas aujourd'hui la moindre trace.........*

Cette assertion se trouvait à l'unisson de nos impressions et nous n'hésitâmes pas à nous exprimer en ce sens. Cette circonstance excita l'attention de M. l'abbé Ferland, qui publia aussitôt, dans le *Journal de Québec* du 27 octobre 1855, un article que nous avons eu beaucoup de plaisir à lire et auquel, à notre suggestion, l'éditeur donna place dans le tirage en pamphlet qu'il fit des « Etudes sur Sillery, etc. » Le lecteur aimera à lire l'intéressant écrit du savant abbé qui précise assez ingénieusement l'emplacement de l'église de Sillery et des autres édifices qui rehaussaient l'importance de cette belle mission. Au reste, les détails dont il nous fait part ne peuvent que compléter notre travail et lui donner quelque mérite. On verra que le savant écrivain indique bien le lieu de la résidence qu'ont occupée les RR. PP. Jésuites et qu'il fournit de bons renseignements sur l'histoire de l'intéressante mission de Sillery.

« Dans un de ses intéressants articles sur la vie de M. de Sillery, votre estimable collaborateur exprime le regret de ne pouvoir indiquer le lieu précis où s'élevaient la chapelle de Saint-Michel et le monastère des Hospitalières à Sillery. Je m'estime heureux de pouvoir informer vos lecteurs que, grâces aux traditions et aux ruines encore existantes, l'on peut montrer l'endroit où étaient ces deux monuments de la charité catholique envers les pauvres enfants des bois.

« Une carte de Québec, par Champlain, marque à environ une lieue au-dessus de la ville naissante, une pointe qui s'avance dans le Saint-Laurent, et qui est désignée comme étant fréquemment habitée par les sauvages. Plus tard elle reçut le nom de Puiseaux, du premier possesseur du fief Saint-Michel, qu'elle borne au sud-ouest. Aujourd'hui, sur la Pointe-à-

Puiseaux, se trouve la jolie église de Saint-Colomb, environnée d'un village. De ce point l'on jouit d'une des plus belles vues qu'offrent les environs de Québec. Vis-à-vis est la côte de Lauson, avec sa rivière bruyante, ses chantiers, ses nombreux vaisseaux, le terminus du chemin de fer de Richmond, les villages et les églises de N.-D. de Lévis, de Saint-Jean Chrysostôme et de Saint-Romuald. A droite et à gauche le fleuve se déroule sur une longueur de douze à quinze milles, sans cesse sillonné par les vaisseaux qui arrivent au port de Québec ou qui en partent. Vers l'est, le tableau, fermé à plus de douze lieues par le Cap Tourmente et par les hauteurs cultivées de la Petite-Montagne et de Saint-Ferréol, présente successivement la côte de Beaupré, les verdoyants côteaux de l'île d'Orléans, le cap aux Diamants, couronné de sa citadelle et ayant à ses pieds une forêt de mâts; les plaines d'Abraham, les foulons avec tout le mouvement du commerce de bois, Spencer-Wood et la résidence vice-royale, l'Anse Saint-Michel se courbant gracieusement depuis la côte de Wolfe jusqu'à la Pointe-à-Puiseaux. Autour de ces lieux se rattachent les souvenirs historiques les plus intéressants de l'Amérique du Nord : le contact de la civilisation française avec la barbarie des indigènes ; la lutte de deux puissantes nations pour la souveraineté du nouveau-monde ; un épisode important de la révolution qui a créé la puissante république des Etats-Unis : voilà les grands mouvements qui ont tour-à-tour agité ce théâtre resserré. Partout vous y trouverez l'empreinte des pas de quelque personnage remarquable dans l'histoire de l'Amérique : Jacques-

Cartier, Champlain, Frontenac, Laval, Phipps, d'Iberville, Wolfe, Montcalm, Arnold, Montgomery ont tour-à-tour foulé quelque coin de cet espace. Tout près d'ici, dans l'Anse Saint-Michel, M. de Maisonneuve et mademoiselle Mance passèrent leur premier hiver en Canada, avec la colonie qui sous leur conduite allait fonder Montréal. Si l'on se tourne vers l'ouest, la vue, quoique moins étendue, rappelle encore de glorieux souvenirs. Là, au détour du Cap Rouge, Jacques-Cartier établit ses quartiers, la seconde fois qu'il hiverna sur les bords du Saint-Laurent. Roberval le remplaça, au même lieu, à la tête de sa colonie éphémère. Près de l'embouchure de la rivière Chaudière se dressaient les tentes des Abnakis, des Etchemins, des Souriquois, lorsque des côtes de la Nouvelle-Angleterre ils venaient fumer le calumet de paix avec leurs frères les Français : la rivière Chaudière était alors le grand chemin qui reliait leur pays au Canada.

« Plus près de la Pointe-à-Puiseaux est l'Anse de Sillery, où les jésuites réunirent les Algonquins et les Montagnais qui voulaient se convertir au christianisme, et formèrent une réduction florissante. De là les lumières de la foi étaient portées par les néophytes au sein des plus profondes forêts ; là venaient s'exercer pour leurs missions lointaines les apôtres qui se préparaient à annoncer la bonne nouvelle aux pays des Hurons, aux bords du Mississipi ou sur les côtes glacées de la Baie d'Hudson. De là, le P. Druillètes partait pour aller porter quelques paroles de paix, de la part des chrétiens de Sillery, aux Abnaquiois de

Kennebeki et aux puritains de Boston. Près de ce lieu, le Frère Liégeois était massacré par les Iroquois, et le P. Poncet fait prisonnier et emmené par les barbares.

« C'est au soutien de cette réduction et à la construction des édifices nécessaires, que M. de Sillery consacra des sommes considérables. Une chapelle, une résidence pour les missionnaires, un hôpital, un fort, des maisons pour les néophytes s'élevèrent sur le rivage et formèrent un village sauvage, autour duquel se rapprochaient, autant qu'on pouvait le permettre, quelques habitations des Français. La résidence de la famille Dauteuil était sur le côteau qui s'élève en arrière ; et la vénérable dame de Monceaux, belle-mère du procureur-général Ruette Dauteuil, pour satisfaire à sa piété, avait obtenu la permission d'habiter de temps en temps une petite maison qu'elle avait fait construire près de la chapelle.

« L'établissement de Sillery commença à être abandonné vers les premières années du siècle dernier. Après la prise du pays, le soin des bâtiments fut négligé et ils commencèrent à tomber en ruines ; mais la maison des Pères fut conservée ; et les ruines des autres édifices sont restées assez longtemps debout pour qu'on puisse encore les désigner sûrement. Plusieurs des anciens habitants ont vu abattre les murs de l'église, qui étaient d'une solidité surprenante. J'ai, moi-même, il y a vingt ans, vu une partie de ces murailles s'élevant au-dessus du sol. Les ruines de l'hôpital et du monastère n'ont été rasées que depuis une trentaine d'années ; en les détruisant on découvrit plusieurs objets, parmi lesquels un garde-doigt d'argent, qui avait dû appartenir aux bonnes religieuses hospitalières.

« Pour l'avantage de ceux qui désireraient explorer les vestiges encore existants de la pieuse fondation de M. de Sillery, je donnerai quelques détails sur la disposition des lieux. Vers le milieu de l'Anse de Sillery s'avance un cap assez peu élevé, mais dont les bords sont taillés à pic. Les accidents du sol le désignent comme le point où le fort fut construit pour la défense du village ; là aussi, sur un terrain sec, se trouvait le cimetière, d'où plusieurs corps ont été retirés dans le cours de l'été dernier. Au pied du cap, vers la gauche, est la maison des missionnaires, servant de demeure à un commis de M. Le Mesurier, à qui appartient cette partie de Sillery. Elle a été entretenue, réparée, et se trouve encore en très bon état de conservation. Vis-à-vis et plus près du fleuve, l'on peut reconnaître les fondations de l'église, dont les longs-pans étaient dans la direction du nord-est au sud-ouest.

« Près du mur le plus voisin du fleuve est une source d'eau parfaitement limpide, qui devait servir aux besoins de la chapelle et du presbytère. D'ailleurs plusieurs ruisseaux d'une eau excellente descendent du côteau et coupent le terrain dans toutes les directions. Il n'y a pas à se tromper sur le site qu'occupait la chapelle, puisque beaucoup de personnes vivantes ont vu les murs debout, et sont encore là pour montrer les fondations.

« A la droite du petit cap, et sur la même ligne

que la chapelle, était l'hôpital, abandonné depuis près de deux siècles. Sur les murs de fondation a crû un orme, devenu aujourd'hui un grand et bel arbre ; à six pieds de terre, il mesure environ deux brasses de tour, ce qui lui donne un diamètre d'à-peu-près trois pieds et demi.

« Un an après leur arrivée à Québec, c'est-à-dire, au mois d'août 1640, les Hospitalières désirant se rapprocher de la mission de Sillery, où elles faisaient bâtir leur couvent suivant les intentions de la duchesse d'Aiguillon, quittèrent Québec et allèrent s'établir dans la maison de M. de Puiseaux. Elles en sortirent au commencement de l'année 1641, pour habiter leur couvent de Sillery, à un mille de distance. Pendant cet hiver elles n'avaient autour d'elles d'autres français que les missionnaires, et elles souffraient beaucoup du froid et de la misère. Mais l'année suivante elles jouirent du bonheur d'avoir dans le voisinage bon nombre de leurs compatriotes. « Monsieur de « Maisonneuve, mademoiselle Mance, les soldats et « les laboureurs nouvellement arrivés de France, pour « l'établissement de Montréal, vinrent loger chez M. « de Puiseaux......... ils y passèrent l'hiver et nous « visitèrent souvent avec une consolation récipro- « que. »—(*Hist. de l'Hôtel-Dieu.*)

« Sillery étant sans cesse menacé par les Iroquois, les Hospitalières durent laisser leur maison et rentrèrent à Québec le 29 mai 1644, ayant ainsi passé près de trois ans et demi au milieu des sauvages. La partie de Sillery où elles demeurèrent conserve encore le nom d'Anse du couvent ou **Convent Cove**. Outre les jésuites, elles eurent pour directeur spirituel, pendant leur résidence en ce lieu, M. Fauls, chapelain des Ursulines. C'est le troisième prêtre séculier mentionné dans les annales du temps ; les deux premiers furent M. Le Sueur de Saint-Sauveur, premier chapelain de l'Hôtel-Dieu, et M. Gilles Nicollet, missionnaire (a).

« Le souvenir des premiers missionnaires et des bonnes religieuses, qui sanctifièrent ces lieux par leur charité et leur zèle pour le salut des âmes, se conservent religieusement au milieu de la population actuelle, presque entièrement catholique. Espérons que bientôt elle pourra élever quelque temoignage de sa foi, sur le lieu où la charité de M. de Sillery fit bâtir une des premières chapelles de la Nouvelle-France. »

(a) Je ne mentionne pas un M. Benoît Duplein que M. Noiseux place à Québec en 1631, au temps où cette ville était au pouvoir des Anglais. Aucun des mémoires du temps n'en parle. Une fille étant née à Guillaume Couillard, en 1631, elle fut baptisée par un laïque Anglais, et ne reçut les cérémonies du baptême qu'après le retour des jésuites. La catholique famille des Couillard n'aurait pas eu recours au ministère d'un laïque Anglais, s'il y avait eu alors un prêtre à Québec. Ce n'est que près de cinquante ans plus tard, qu'au nombre des curés du Canada, on trouve un M. Duplein, desservant les établissements sur la rivière Clambly. De semblables erreurs de dates se rencontrent fréquemment dans le travail de M. Noiseux, et le rendent à peu près inutile tant qu'il n'aura pas été corrigé.